CHOIX

DE

POÉSIES

LÉGÈRES,

Par M. Joseph Delattre,

INSTITUTEUR A FLINES.

DOUAI,

IMPRIMERIE DE V. ADAM, RUE DES PROCUREURS, 12.

—1841.—

POÉSIES.

LA SOLITUDE.

Près de ce vallon solitaire,
Loin du tumulte des hameaux,
Souvent assis sur une pierre,
Je chante en gardant mes troupeaux,
Ou je contemple la nature,
Beau chef-d'œuvre du Créateur ;
Admirant sa belle parure,
La paix règne au fond de mon cœur.

———

Tout me réjouit et m'enchante,
Jusqu'au moindre des vermisseaux !
Ah ! mon Dieu, que cela contente,
Quand on n'aime que le repos !
Jamais je n'ai connu l'envie
Habiter dans ce beau séjour ;
Et l'écho de cette prairie
N'a dit que j'ai pleuré l'amour.

———

Tranquille, sous un bel ombrage,
Où coule un ruisseau tortueux,
Où l'oiseau, par son doux ramage,
Charme les échos de ces lieux ;
Si j'entends gronder le tonnerre,
Sur ma tête ou sur mon manoir,
A Dieu je fais une prière,
Mettant en lui tout mon espoir.

Iris, brillante comme Aurore,
Ramène la joie en mon cœur ;
Alors les doux présents de Flore
Elaborent leur douce odeur ;
Les pinsons, comme les fauvettes,
Fêtent le retour du beau temps ;
Les bleuets et les violettes
Embaument les bois et les champs.

Mon ami, c'est mon chien fidèle ;
Ma houlette est mon seul appui,
Pour compagne j'ai l'hirondelle,
Qui dort près de moi chaque nuit :
Dans mon grabat, pour nourriture,
J'ai du lait avec du pain bis ;
Pour jouissance, la nature ;
A mon Dieu seul je suis soumis.

Le soir je chante sur ma lyre
Les remords de l'homme opulent ;
La cupidité le déchire ,
Le luxe cause son tourment ;
Il est pauvre dans l'abondance ,
Car il ignore le bonheur :
Ici je vis dans l'innocence ,
La douce paix luit dans mon cœur.

LE PLAISIR.

AIR : *Effrayé des maux que la guerre.*

Fatigué d'être solitaire,
Je vous quitte, ô charmants ruisseaux !
Et vous aussi , noble chaumière ,
Bois, prés, vallons, nombreux troupeaux !
Adieu, seuls témoins de mes peines,
Je me rends au sein du plaisir !
Que puis-je ? hélas ! dans mon martyr ,
L'amour m'a chargé de ses chaînes ?   (bis).

REFRAIN.

Fuis, m'a-t-il dit , fuis ce sombre séjour ;
Fuis, et viens dans les bras des doux plaisirs
                              d'amour ! (bis).

Combien de fois dans la prairie ,
Avec le luth ou le hautbois ,
Près du portrait de mon amie,
J'ai charmé les échos des bois ;
Alors, je répandais des larmes ;
Cupidon embrâsait mon cœur :
Il me faisait voir le bonheur ,
A lui seul je rendis les armes !

    Fuis, m'a-t-il dit , etc.

———

Un jour Zéphir, de son haleine ,
Agitait les faibles roseaux ;
Les Naïades de la fontaine,
Folâtraient au milieu des eaux ;
La chaleur était étouffante ;
Moi, je goûtais le doux sommeil,
Oh ! quelle joie, à mon réveil ,
Lorsque j'aperçus mon amante.   (bis):

    Fuis, me dit-elle, ah ! quitte ce séjour !
    Viens vite dans les bras des vrais plaisirs
                    d'amour. (bis).

LE ROI DES PRAIRIES,

OU LE VIEUX BERGER.

Il reviendra ce temps où la verdure
Doit reparaître au sommet des côteaux ;
Vieux chalumeau, fontaine au doux murmure,
Vous charmerez encore les échos.
Là, nos chansons, au milieu des prairies,
Réjouiront tous nos agneaux bêlants :
C'est pour nos cœurs un vrai lieu de féries,
Où tout s'éclipse en précieux momens.

———

Si j'ai vieilli dans ma noble cabane,
J'ai sous le chaume au moins vu d'heureux jours ;
Je n'ai connu ni procès ni chicane.
O douce paix, seul je suivis ton cours ?
Les rois, hélas ! au faîte de la gloire,
Sont malheureux, plus malheureux que moi !
Mes bons amis, je vous dirai l'histoire,
Quand vous viendrez encore sous mon toit.

———

Jadis, bien jeune, une mère chérie
Ornait mon cœur de ces belles vertus

Qui font toujours le charme de la vie ;
Sur son tombeau, ne pleurerons-nous plus ?
Un souvenir peut bien causer des larmes ;
Mais les cheveux qui tombent sur mon front
Ne sont blanchis au milieu des alarmes
Qui tracassaient les esprits de Néron.

———

A dix-huit ans, Thirza, ma bien-aimée,
M'avait juré de me donner son cœur ;
Je lui prouvais comme elle était aimée,
Et cela seul faisait notre bonheur.
La mort, hélas ! de sa faux meurtrière,
A mon amour la ravit pour jamais ;
Elle repose ici sous cette pierre,
Où le cyprès donne un ombrage frais !

———

Non loin de nous, sur un siège de mousse,
Près de mes chiens et d'un nombreux troupeau,
Je chante encor tandis que l'herbe pousse
Et qu'à mes pieds serpente un beau ruisseau ;
Si le loup vient furieux, plein de rage,
Pour m'enlever d'un seul coup un mouton,
Avec mes chiens je l'attends au passage,
Et le repousse à grands coups de bâton.

———

Je règne ici, loin des grandeurs du monde ;
Tous mes sujets me sont toujours soumis ;
Dans tous les temps la nourriture abonde ;
Je suis heureux sans pages ni commis.

Mon trône est fait, auprès d'une fontaine,
Sur le duvet verdoyant du gazon ;
Pour mon empire examinez la plaine,
Bornée enfin par le vaste horizon.

Plusieurs hivers ont passé sur ma tête ;
Figurez-vous combien j'ai vu de rois
Qui, voltigeant de conquête en conquête,
Ont vu leur trône exposé plusieurs fois.
J'aime bien mieux ma muse pastorale,
Que les vains noms dont s'honorent les grands ;
Qu'après ma mort la pierre sépulcrale
Marque aux mortels l'égalité des rangs.

CE QUE J'AIME.

Air : *Je vais revoir ma Normandie.*

J'aime beaucoup la poésie ;
J'aime à chanter, j'aime le vin ;
J'aime une fillette jolie ;
J'aime la fraîcheur du matin ;
J'aime la rose purpurine ;
J'aime le retour du printemps ;
J'aime l'amour qui me domine
J'aime enfin tous les agrémens.

} bis.

J'aime les doux présents de Flore
Et le chant des petits oiseaux ;
Dans les prés fleuris j'aime encore
Le doux murmure des ruisseaux ;
J'aime l'air pur de la campagne ;
J'aime le repos, la santé ;
J'aime, assis près de ma compagne,
A lui parler de sa beauté.

} bis.

J'aime le lieu de ma naissance ;
J'aime les auteurs de mes jours ;
J'aime à soulager l'indigence ;
J'aime les plaisirs sans détours ;
J'aime aussi ma chère patrie ;
J'aime le titre de Français ;
J'aime encore une âme aguerrie ;
J'aime l'honneur et les succès.

} bis.

J'aime à danser sous le feuillage ;
J'aime les festins de Comus ;
J'aime les jeux, le badinage ;
J'aime les trésors de Plutus ;
J'aime aussi faire une caresse,
Au digne objet de mon amour ;
J'aime à rire d'une maîtresse ,
Qui fait vingt sermens en un jour.

} bis.

ROMANCE.

Air connu.

Je pense à toi , fillette que j'adore ,
Depuis le jour où je reçus ta foi;
Chaque matin au lever de l'aurore ,
Quand de ses feux le beau ciel se colore ,
   Je pense à toi ,   (bis).

———

Je pense à toi, quand un autre t'admire
Et sollicite un baiser comme moi ;
Quand il te dit qu'en vain son cœur soupire ,
Que son amour à l'hymen seul aspire ,
   Je pense à toi ,   (bis).

———

Je pense à toi, quand je vais au bocage ,
Qui fut témoin de mon premier exploit ;
Quand j'interroge encor ce bel ombrage ,
Dont l'écho seul redit ton doux langage ,
   Je pense à toi ,   (bis).

———

Je pense à toi, quand la saison nouvelle
Vient enchaîner l'aquilon sous sa loi ;
Quand dans le bois la triste Philomèle
Chante , d'accord avec la tourterelle ,
   Je pense à toi ,   (bis).

SOCIÉTÉ DE BIENFAISANCE

DE LA VILLE DE DOUAI.

Air : *Mon père était pot.*

J' suis parti d' Lille au matin
 Sur un bel équipage ,
Le ciel fut brillant et serein
 Pendant tout le voyage ;
 Entrant à Douai ,
 Mon cœur était gai.
Oh ! quel' fut ma surprise !
 Voyant chez Robaut
 Sur un beau tableau ,
Com' la marche était mise !

———

J' vis des gens de tous les endroits
 Accourus à la fête ;
Je reconnus un turquénois
 Avec sa brouette ;
 Il était dodu ,
 Quoiqu'un peu bossu ,
Passez la différence ;
 Car il dit tout bas :
 Je vais aux Incas
Soulager l'indigence.

———

Je descendis chez l' restaurant,
    Au centre de la ville,
C'est là que j' bus en m'amusant
    De ce vin qui pétille ;
    Là le bon bourgeois
    Et le villageois
Fumaient sans se rien dire.
    Fi ! que c'est vilain,
    Qu'un bourgeois chagrin
Dès qu'il ne doit que rire.

—

Enfin le joli carillon,
    Chatouille mon oreille,
Aussitôt je monte au balcon
    Pour y voir la merveille.
    Un joli quéteur,
    Tout plein de sueur,
Reçoit de l'opulence
    Le tribut d'amour
    Qu'elle veut en ce jour,
Donner à l'indigence.

———

Vers la halle j' lance un regard
    Au milieu de la foule ;
Surpris, je vois un étendard
    Qui flotte et se déroule
    Au d'vant des archers,
    Des hallebardiers ;
Puis, une masse énorme !
    Dieu ! c'est l'éléphant !
    Oh ! qu'il est pesant,
J'en admire la forme.

———

V'là pourtant ce fameux Jason,
Tant vanté dans l'histoire,
Près du monstre et de la Toison,
Au faîte de la gloire.
Donnez des bravos
A ce grand héros,
Habitans de la France ;
Je le dis encor,
Préparez votre or,
Soulagez l'indigence !

———

J'ai peur de lasser les chanteurs
Par la monotonie,
J' passe vîte sur les mayeurs
Et les corps d'harmonie ;
La Reine et le Roi
Figuraient, ma foi !
Avec cour opulente ;
Enfin, dans ce cas,
Moi, j' dis qu'on n' vit pas
D' marche plus élégante.

———

J' vis naguère les beaux Incas,
Qu'on fait à Valenciennes ;
Plusieurs fois je portais mes pas
Aux marches Cambraisiennes :
Ce que je vis là
Ne valait pas ça ;
J'en juge par l'élégance
Des costumes frais,
Des brillants harnais.
Vive la bienfaisance !

LE RENDEZ-VOUS.

Air : *Il est minuit dans la nature.*

Il est midi, dans ce bocage,
Oscar, mon ami, mon amant,
Doit paraître dans un moment,
Pour m'entretenir sous l'ombrage :
Il est galant, rempli d'ardeur ;
Quand j'en parle mon cœur soupire ;
Je dois lui donner une fleur ;
Petits oiseaux, allez lui dire :   } bis.
Il est midi, il est midi.

Il est midi, la cloche donne
Le signal du rendez-vous ;
Zulma se jette à deux genoux,
Déjà son cœur bat et frissonne ;
Elle appelle tout bas Oscar :
Et ce doux nom la fait sourire,
Sur la route lance un regard ;
Petits oiseaux, etc.

Depuis midi jusqu'à la brune,
Zulma pleura près des côteaux ;
Elle interrogeait les échos,
Leur contait sa plainte importune ;

Faisait vœu de fuir les garçons ;
Mais Oscar , qui n'est pas volage ,
Caché derrière les buissons ,
Dit à Zulma : vous êtes sage,
Depuis midi, depuis midi. } bis.

ROMANCE.

Air : *Ave Maria.*

REFRAIN.

Viens, chère Elisa,
Car ton amant fidèle
N'aime qu'une belle ,
Et c'est Elisa.

J'admire vos charmes ,
Aimable beauté ;
Et je rends les armes
A votre gaîté.

Viens , etc.

Vous aimez la danse ,
Les jeux , les plaisirs ;
Votre amour, je pense ,
Fait plusieurs martyrs.

Viens , etc.

Vous êtes plus belle
Qu'Iris ou Vénus,
Bien jeune et vermeille,
Pleine de vertus.

    Viens, etc.

———

Pour celle que j'aime
Je forme des vœux ;
Son amour extrême
Captive mes feux.

    Viens, etc.

———

Ma muse légère
Célèbre Bacchus,
Celle qui m'est chère
Et ce divin jus.

    Viens, etc.

———

O toi, Polymnie,
Du haut d'Hélicon,
Reçois, je t'en prie.
Ma faible chanson.

    Viens, chère Elisa,
    Car ton amant fidèle
    N'aime qu'une belle,
    Et c'est Elisa.

———

I

THÉMIRE ET LUCAS.

AIR : *Dans son printemps la jeune Corélie.*

Dans son hameau, Thémire, la bergère ,
Pensait.toujours à son amant Lucas ;
Viens, disait-elle, en lui tendant les bras ,
Dois-tu me fuir à mon heure dernière ? (bis).

Depuis cinq ans, au sol de l'Arabie,
Tu me jurais d'être toujours constant ;
Tu fus ingrat dans ce climat brûlant :
Avant de fuir , viens terminer ma vie.   (bis).

J'ai, l'autre jour , refusé dans la plaine
Vaste château, bijoux, brillante cour ;
Pour toi, Lucas, j'ai gardé mon amour :
Ne me fuis pas, mais viens calmer ma peine. (bis)

Lucas, Thémire, attendri par tes larmes,
Brûle pour toi, reconnaît son erreur ;
Pardonne-lui, viens lui rendre ton cœur ,
Et chasse au loin tes pénibles alarmes.   (bis).

Lucas, Lucas, promets d'être fidèle ,
Viens nous unir par un heureux hymen ;
Sois mon époux, mais pense à ton serment ;
Vivons d'accord comme la tourterelle.   (bis).

Jour fortuné, le plus beau de ma vie ,
Viens à mon cœur rendre les vrais plaisirs ;
Adieu, chagrins, remords et vains désirs :
J'ai dans Thémire une épouse, une amie. (bis).

PROSPER ET SYLVIE.

Je vois la nature
Changer de parure
Dès que la froidure
Nous fait ses adieux ;
La brise légère
Folâtre , ma chère ,
Sur cette fougère
Parmi ces beaux lieux.
Jeune maîtresse ,
Avec tendresse
Ressent l'ivresse
Qui trouble ses sens ;
Elle est gentille ,
Son œil pétille ,
Sa gaîté brille
Aux yeux des amans.

———————

La fête commence,
La foule s'avance
Pour la contredanse
Que l'on joue au bal ;

Toutes les fillettes,
Galantes, coquettes,
Content des flearettes,
C'est original.
Le vieux vin coule,
La danse roule,
Parmi la foule
C'est joie et plaisirs ;
Alors Sylvie,
Belle et jolie,
Etait ravie,
Comblant ses désirs !

———————

La foule s'étonne,
La cloche raisonne,
C'est minuit qui sonne ;
Il faut battre aux champs,
La belle s'incline,
Quoiqu'un peu chagrine,
Lance à la sourdine
Des mots agaçans.
Déjà Prospère,
Près de sa mère,
Attend sa chère,
Les yeux pleins de feux ;
Puis il s'élance,
Après la danse,
Plein d'assurance
Pour lui dire adieu.

———————

Monsieur, votre amie
Voit votre manie,
Vous quittez Sylvie
Pour d'autres tendrons,
Roulez la campagne,
Car sur la montagne
Est une compagne,
Qui sait des chansons ;
Sa voix sonore,
Avant l'aurore,
Captive encore
Le volage amant ;
Volez vers elle,
Soyez fidèle
A votre belle
Qui chante à l'instant.

LES MANIÈRES DE DORMIR.

AIR : *Dis-moi, Lisa, dis-moi, t'en souviens-tu ?*

Le marin dort à l'ombre du cordage,
Et le soldat à l'ombre des lauriers ;
Le berger dort à l'ombre des feuillages ;
Le jeune amant à l'ombre des secrets ;
Le papillon dort auprès de la rose ;
Et la fourmi sur ses provisions ;
Le marquis dort fort souvent en carrosse ;
Et le voleur à l'ombre des buissons.

Le buveur dort auprès d'une bouteille ;
Et le prélat sous les aîles de Dieu ;
Le moissonneur dort sur une javelle ;
Et le fermier souvent au coin du feu ;
La femme dort au sein de son ménage,
Le voyageur dort dans les cabarets ;
Le paresseux dort souvent sur l'ouvrage ;
La tourterelle au milieu des forêts.   (bis).

———

L'amitié dort dans le sein de l'amante ;
Et le vieillard aux portes de la mort ;
Un criminel qu'un jugement tourmente
S'endort, hélas ! en pensant à son sort.
Un roi puissant ne dort pas sur le trône,
Mais le flatteur dort à l'ombre du dais ;
La vérité fort souvent l'abandonne,
Et va dormir où roi ne fut jamais.   (bis).

———

Le poisson dort au fond de la rivière ;
Et le chrétien, à l'ombre de la foi ;
Le renard dort au bois dans sa tanière ;
Le peuple heureux, à l'ombre de la loi ;
Le juge dort souvent à l'audience,
Et l'usurier pensant à ses écus ;
Cette chanson vous déplaira, je pense,
Plaignez l'auteur, car il dormit dessus. (b.)

———

ROMANCE.

Air : *Il va venir le sultan que j'adore.*

REFRÁIN.

Plaignez le sort, enfans de ma chère patrie,
D'un jeune amant mourant de désespoir ;
Il aime, il aime une fille jolie,
En mariage il ne pourra l'avoir.   (bis).

———

Je vais, amis, vous chanter la souffrance,
Que je ressens dans le fond de mon cœur ;
Sur notre sol pour moi plus d'espérance,
Le désespoir m'a ravi le bonheur.
    Plaignez, etc.

———

J'aime une fille et c'est à la folie ;
Elle est ingrate et rebelle à l'amour ;
Quand je la vois, je la trouve embellie,
Et ses appas me troublent nuit et jour.
    Plaignez le sort, etc.

———

Je l'ai connue, ah ! grand Dieu ! quand j'y pense,
Où jeune encore je soupirais tout bas ;
Quand dans nos jeux, où régnait l'innocence,
Je la serrais doucement dans mes bras.
    Plaignez le sort, etc.

———

Le cœur en proie aux plus vives alarmes,
Je viens, perfide, embrasser tes genoux ;
Au nom du ciel, prends pitié de mes larmes,
Console-moi par un regard plus doux.

Plaignez le sort, etc.

J'ai tout bravé, la foudre et la tempête,
Les aquilons, la neige et les frimas,
Dans mon malheur au trépas je m'apprête,
Dussé-je au moins expirer dans tes bras !

Plaignez le sort, etc.

Relève-toi, car je suis ton ami,
Toujours fidèle à son premier serment ;
Tiens, cher Alfred, prends cette main chérie,
Papa veut bien que tu sois mon amant.

Aimez le sort, enfans de ma chère patrie,
D'un jeune amant qui goûte un peu d'espoir,
Il aime, il aime une fille jolie,
En mariage il espère l'avoir.   (bis).

Qu'il sera beau, ce jour, ma chère Adèle,
Quand de l'airain les sons harmonieux
Dans le lointain diront cette nouvelle,
En s'élevant doucement vers les cieux.

Aimez le sort, etc.

LE RETOUR.

Je vais vous revoir, belle Isaure,
Triste et rêveuse, je le crois;
Aujourd'hui, vous dites encore
Vos malheurs aux échos des bois;
Vous interrogez les fontaines,
Les vallons, les monts, les côteaux;
Pour savoir la fin de vos peines
Vous iriez par delà les eaux.

_____

Depuis long-temps mon cœur désire
Ce jour qui doit combler mes vœux.
Ah! mon Dieu, que vais-je lui dire,
En 'me présentant à ses yeux?
Ma voix, je crois, sera muette;
Si j'articule quelques mots,
Dans mes bras la jeune fillette
Ne pensera plus à ses maux.

_____

Chère Isaure, sous le feuillage
Allons jouir de votre amour;
Déjà les bergers du village,
Avec les filles d'alentour;
Pour bien célébrer notre fête,
Sont tous assemblés sous l'ormeau;
L'ivresse là paraît complète;
Entendez-vous le chalumeau?

LES AGES.

Air connu.

Je vais, amis, chanter les âges
Par lesquels on doit tous passer ;
O vous ! habitans des villages,
Approchez, je vais commencer :
Je trouve dans l'adolescence
Plaisirs aussi purs qu'innocents ;
Avouez que la tendre enfance
Jouit de tous les agrémens.　} bis.

_____

A quinze ans la jeune fillette
Abandonne tous ses joujoux ;
Elle recherche sa toilette,
Et fait aux garçons les yeux doux :
Vous la voyez dans la campagne
Admirer tous ces damoiseaux,
Voyez, dit-elle, à sa compagne,
Qu'ils sont gentils, galants et beaux. } bis.

_____

A vingt ans, elle n'est plus volage,
Elle a bravé ses premiers feux ;
Un jeune amant du voisinage,
Admirant sa taille et ses yeux,
Vient lui vouer amour extrême,
Et lui vanter tous ses atours,

En disant : belle, je vous aime,   } bis.
Et je veux vous aimer toujours.

Les plus heureux jours de la vie,
Vous les goûterez à trente ans,
Lorsque d'une union chérie
Vous aimerez les doux liens :
Maîtresse de votre ménage,
Admiratrice de votre époux,
Vous proscrirez le badinage   } bis.
Et les sornettes loin de vous.

Comme la rose purpurine,
Qui voit s'enfuir le printemps,
On fane, et dès-lors on s'echine
En atteignant les quarante ans ;
On voit grandir de l'hyménée
L'aimable et tendre rejeton.
Que de joie, en une journée,   } bis.
On goûte avec un nourrisson.

L'âge, qui dégrade la vue,
Arrive escorté du chagrin ;
Car tout s'use et tout diminue
Dès qu'on parvient à son déclin :
Force, plaisir, douce caresse,
S'en vont comme l'ombre du temps ;
Vers la route de la vieillesse   } bis.
On s'achemine à cinquante ans.

O vous ! zélés célibataires,
Vieux , décrépits , à soixante ans ;
Dans vos exploits sexagénaires
Vous paraissez de vrais pédants :
Pour gagner le cœur de Nanette,
Vous lui donnez beaucoup d'écus ;
Elle vous fréquente en cachette,   } bis.
Car elle aime l'or , rien de plus.

LE MARCHAND D'ANIMAUX.

Air connu.

Pour nous instruire , ó Lafontaine ,
Tu fais parler les animaux ;
Moi, dans le transport qui m'entraîne ,
Je forme des projets nouveaux ;
Aux amateurs ma ménagerie
Est ouverte chaque matin ,
Entrez , Messieurs , je vous en prie ,
J'en ai pour tout le genre humain.   (bis).

Ceux qui font souvent bonne chère
M'achètent tous mes ortolans ;
A la coquette qui veut plaire ,
Je vends presque toujours mes paons ;
J'ai des agneaux pour l'innocence ,
Je vends le renard au trompeur ,

Le baudet est pour l'ignorance,
Et le loup pour le ravisseur.   (bis).

J'offre mes grands ours solitaires
Aux gens grossiers et peu polis ;
A ceux qui passent pour sanguinaires
Je vends tous mes beaux vautours gris ;
Au jeune amant, léger, volage,
J'offrirai tous mes papillons ;
Pour l'homme de peu de courage
Je réserve mes forts lions.   (bis).

J'offre à tous les hommes prodigues
La plus belle de mes fourmis ;
Je vends aux gens remplis d'intrigues
Le chien, le meilleur des amis ;
J'offre aux amants la tourterelle,
Pour les maris j'ai des coucous ;
J'offre aux voyageurs l'hirondelle,
Aux misanthropes des hiboux.   (bis).

J'offre le rossignol sauvage
Aux chanteurs de tous les endroits ;
Je vante du castor l'ouvrage,
Et le vends aux gens maladroits :
Choisis bien, dans ma marchandise,
O toi qui passes pour connaisseur,
Dis-moi si je fais une bêtise
D'offrir le chat au franc voleur.   (bis).

LE GÉNÉRAL FRANÇAIS

AU SIÉGE DE CONSTANTINE.

Air : *Il est placé.*

REFRAIN.

Il est tombé,   (bis).
Au pied de Constantine,
Damrémont, le modèle des guerriers ;
A sa valeur, à son âme héroïne,
Dédions les lauriers !   (bis).

———

En nous quittant il dit à la patrie,
Sans y songer, des éternels adieux ;
En embrassant son épouse chérie,
Des pleurs, hélas ! s'échappaient de ses yeux !

Il est tombé, etc.

———

Il fut toujours partisan de la gloire,
Ce général digne du nom français !
Menant nos preux aux champs de la victoire,
Notre pays le perdit pour jamais.

Il est tombé, etc.

———

Comme Pallas, au milieu des batailles,
Il animait sans cesse nos soldats ;
Dans les dangers affrontant les mitrailles ,
Ce grand guerrier les suivait pas-à-pas.
    Il est tombé , etc.

Puisque son nom est placé dans l'histoire,
Braves Français, sèchons enfin nos pleurs ;
Pour souvenir, et couronner sa gloire,
A son tombeau suspendons quelques fleurs !
    Il est tombé, etc. -

CHANSON

CHANTÉE A LA FÊTE DES MARCHANDS DE LIN ,

LE 2 MAI 1840.

REFRAIN.

Jeunes gens du village ,
Vous qui dansez au bal ,
Profitez , à votre âge ,
Du temps du carnaval.

On voit notre commerce
Refleurir chaque jour ;
Aussi voit-on l'ivresse
Briller dans ce séjour.
    Jeunes gens , etc.

Viens, ma chère Sylvie,
Nous livrer aux plaisirs ;
Une douce harmonie
Comblera mes désirs.
    Jeunes gens , etc.

———

J'entends partout la lyre,
La flûte et le hautbois,
Mon cœur joyeux soupire,
Comme au son de ta voix.
    Jeunes gens , etc.

———

Je t'aime et je t'adore,
O divine beauté !
Bien que d'Eléonore
J'admire la gaîté !
    Jeunes gens , etc.

———

Pour prouver sa tendresse,
L'amant offre son cœur,
Et la jeune maîtresse
Entrevoit le bonheur.
    Jeunes gens , etc.

———

Chansonnette jolie
Bravez l'effort du temps.
J'espère que Sylvie
La dira tous les ans.
    Jeunes gens , etc.

LES CENDRES DE NAPOLÉON.

Prince de Joinville,
Pour notre Empereur
Ton âme pétille,
Je t'en rends honneur ;
Va braver l'orage,
Montre du courage,
Affronte les flots ;
Guide à Sainte-Hélène
Les fameux vaisseaux ;
La liquide plaine
Jouit du repos.

———

Pour former des voiles
Le monde est en train ;
Préparez les toiles,
Courageux marin ;
Car déjà Zéphire
Nous paraît sourire :
Allons, mes amis,
Quittons le rivage,
Soyons bien unis
Dans notre voyage :
Les vents sont soumis.

———

Le soleil nous lance
Un rayon bien pur ;
La course commence
Sous un ciel d'azur ;
Jamais de ma vie,
Action plus chérie
Fit battre mon cœur ;
Je crois voir la roche
Où gît l'Empereur
Sourire à l'approche
De ce jour d'honneur.

Belle Néréide,
Chantez des concerts,
La gloire nous guide
Au milieu des mers ;
Vous, belle Sirène,
Dont la voix entraîne
Par un beau concours,
Que votre harmonie
Suive notre cours ;
Notre âme ravie
Aura d'heureux jours !

Déjà cette terre
Paraît à nos yeux ;
O tombe bien chère !
Roc silencieux !
Enfin le port s'ouvre,

Bertrand en découvre
Le haut de ces toits,
Qui couvrent la cendre
Du vainqueur des rois,
Et va sans attendre
Jouir de ses droits.

———

O cendres chéries
D'un héros fameux,
Vous serez ravies
De quitter ces lieux !
Notre belle France,
Pour reconnaissance,
Vous dresse un tombeau,
Où les invalides
Mettront le drapeau,
Avec les égides,
Du vainqueur d'Aileau !

———

Le cortége arrive
Sur le Champ de Mars,
Où l'urne captive
Charme nos regards ;
Sur le cénotaphe
Est une épitaphe
Où sont ces beaux mots :
Gloire à la patrie,
Honneur au héros
Dont l'âme aguerrie
Cherche le repos !

———

Dans tout le royaume
On loue Albion ,
Qui rend le grand homme
Sans nulle façon ;
Déjà l'invalide,
N'ayant d'autre guide
Que sa noble ardeur,
Fait une prière
Pour cet Empereur
Qui guida naguère
Ses pas vers l'honneur !

LE PRINTEMPS.

Air : *Du haut en bas.*

En ce beau jour,
Au premier rayon de l'aurore,
En ce beau jour,
Un amant pense à son amour;
Il soupire, et sa voix sonore
Appelle celle qu'il adore,
En ce beau jour.   (bis).

Au point du jour ,
Tend une oreille attentive ,
Au point du jour ,
Entend, au bois d'alentour,

Philomèle à la voix plaintive ,
Dont le doux son charme la rive ,
   Au point du jour.   (bis).

   En ces beaux jours,
Où tout renaît dans la nature ,
   En ces beaux jours,
De la gaîté suivons le cours ;
Rassemblons-nous sur la verdure ,
Près d'une aimable créature,
   En ces beaux jours.   (bis).

   En ce beau jour,
Chaque galant à sa maîtresse,
   En ce beau jour ,
Offre ses feux et son amour ;
Sur le gazon, il la caresse :
Quel doux moment ! ah ! quelle ivresse !
   En ce beau jour.   (bis).

  En ces beaux jours ,
Bacchus, par sa liqueur divine ,
   En ces beaux jours ,
Nous enivre presque toujours :
Car cette boisson enlumine ,
Comme la beauté de Lucine ;
   En ces beaux jours.   (bis).

L'AMANT MALHEUREUX.

Air : *Pourquoi me fuir, passagère hirondelle ?*

Venez éteindre aujourd'hui votre flamme ,
Vous, jeunes gens asservis sous la loi
Du traître amour qui déjà me condamne :
Plaignez, plaignez un mortel tel que moi! (bis).

J'aime vraiment une jeune fillette ;
Elle possède et mon cœur et ma foi ;
Elle me fuit, pourtant je la regrette.
Est-il quelqu'un plus à plaindre que moi? (bis).

Elle est gentille et pleine de tendresse :
O juste ciel ! c'est maintenant vers toi
Que vont voler mes vœux dans ma tristesse.
Est-il quelqu'un plus malheureux que moi? (bis)

Pour moi, Messieurs, la vie n'a plus de charmes ;
Vous l'avouant, je ressens de l'émoi :
A mon ingrate, amis, je rends les armes.
Est-il quelqu'un plus malheureux que moi? (bis)

Petits oiseaux, habitans des bocages ,
Vous qui chantez chaque jour sur mon toit ,
Allez donc dire aux échos des rivages
Qu'après ma mort on parlera de moi. (bis).

LE CÉLIBATAIRE.

Le matin, je prends mon tabac,
Je fume seul dans ma chaumière ;
Puis je bois l'excellent moka
Qui me rafraichit sans me plaire.
Jamais je n'entends de marmots,
Qui crient la nuit quand je sommeille.
Ma vie est un parfait repos :
Je me lève quand je m'éveille.

Amis, je suis blâmé de vous
Parce que je vis célibataire ;
L'un veut que comme les hiboux,
Je végète dans mon repaire ;
Jamais il n'a connu l'amour,
Dit un freluquet du village ;
S'il pouvait y penser un jour,
Je crois qu'il serait bien plus sage.

Ah ! Messieurs, n'ai-je pas raison
D'avoir su maîtriser ma flamme !
Je suis le maître à la maison ;
Car je n'ai ni marmot ni femme
Qui viennent, quand je suis joyeux,
Pleurer, grogner, tout en colère ;

On s'habitue en tous les lieux,
Dès qu'on n'est que célibataire.

———

Quand je suis las à la maison,
Je m'en vais boire une chopine ;
Je brave le qu'en dira-t-on,
Aucun mortel ne me chagrine ;
Je m'amuse pendant la nuit
A rire et quelquefois en course ;
Si, rentrant, le jour me poursuit,
Je ne crains point femme jalouse.

———

Le lundi, les vapeurs du vin
Rendent mon esprit bien débile ;
J'ai toujours soif, et jamais faim,
D'un feu brillant mon œil pétille ;
Si je m'ennuie à mon balcon,
Je vais visiter la campagne,
Pour me rafraîchir sans façon
Avec un verre de champagne.

———

Je fus malade l'autre jour ;
Tous mes neveux, dans ma chaumière,
Vinrent me flatter tour-à-tour ;
Leur langage paraissait sincère.
Messieurs, quand on a des écus
On est entouré de manie :
Je suis guéri, vive Bacchus,
Car je boirai tout dans ma vie !

———

CHANSON GUERRIÈRE.

Air : *Reviens, reviens, cruel époux.*

Français, pour chanter les exploits
De ces héros que je révère,
Il faudrait que j'eusse une voix
Aussi forte que le tonnerre.
Car ils marchaient à l'ennemi,
N'ayant pour guide que la gloire ;
De ces braves voilà le cri :
Français, volons à la victoire ! (bis)

Sous les murs fumans de Memphis,
Jadis on vit notre bannière
Flotter au milieu des débris,
Teinte de sang et de poussière.
Français, cria ce noble preux,
Voyez ces monuments antiques,
Témoins de vos faits glorieux,
Comme eux ils seront historiques. (bis)

Il franchit le mont St.-Bernard,
A la tête de son armée ;
Du sommet il jette un regard,
Ainsi le dit la renommée :
Pour encourager ses soldats,
Il parle de la Métropole.

Allons, guerriers, suivez mes pas ;
L'honneur se trouve au Capitole. (bis)

Déjà le séjour des Césars
Craint les protégés de Bellonne;
Ils sont plus fiers que le dieu Mars ,
Quant ils sont rangés en colonne;
Marengo, Friedland et Jéna,
Prenez vos places dans l'histoire ;
De Wagram à la Moscowa
On ne parlera que de gloire. (bis)

Napoléon, du haut des cieux ,
Fixe les yeux sur la patrie ;
Etant là, comme les demi-Dieux,
Couvert de gloire, mais en furie ,
Il maudit encor Albion,
Et le rocher de Ste.-Hélène ;
Il conte sur son rejeton,
Qui doit satisfaire à sa haine. (bis)

Il n'est donc plus ce noble fils,
Séchez vos pleurs, ô tendre mère !
Tous les peuples sont bien unis
D'un bout à l'autre de la terre :
Plus tard, je pense, à vos neveux,
Vous direz : jadis un grand homme
Etonnait le globe et les cieux,
En parlant du haut de son trône. (bis)

SOUVENIR D'UN AMI.

Air : *Il est placé.*

REFRAIN,
Il est resté, (bis)
Aux champs de la victoire,
Un fils unique estimé des fermiers ;
A sa valeur, son jeune âge et sa gloire,
Dédions des lauriers (bis).

Je me souviens qu'il dit à son amie:
Je vais partir pour cueillir des lauriers ;
Aimer l'honneur, défendre la patrie,
C'est le devoir des valeureux guerriers.
　Il est resté, etc.

Ce jeune preux, modèle de vaillance,
S'est signalé dans différents combats ;
Par sa voix rauque et par sa contenance,
Il étonnait les plus hardis soldats.
　Il est resté, etc.

Il fut témoin d'une belle campagne,
Qui couronna les succès des Français ;
Il parcourut le pays d'Allemagne,
Et combattit avec les Polonais.
　Il est resté, etc.

Il vit le Nil et les rives du Tage ;
Et d'Austerlitz admira le soleil :
A Waterloo, dans ce lieu de carnage,
Il fut au cœur frappé d'un coup mortel.
　　Il est resté, etc.

———

Puisqu'à son nom nous dédions la gloire,
Bons villageois, séchez enfin vos pleurs;
Il ne vit plus qu'au temple de mémoire,
Où les noms seuls sont couronnés de fleurs:
　　Il est resté, etc.

LE RETOUR AU HAMEAU.

Air : *Nina.*

Je retrouve aujourd'hui la paix
Sur tes bords, rive enchanteresse ;
Loin de moi fuyez pour jamais ,
O mélancolie ! ô tristesse !
Ici, sur ces arbres touffus ,
Je vois un souvenir modeste ;
Le nom d'Estelle n'y est plus ,
Je l'aime, ô ciel, et je l'atteste !　　(bis).

———

Jadis le cœur gros de soupirs ,
Palpitant pour ma chère Estelle ,
Sur leur contour, dans mes loisirs ,
Je gravais le nom de ma belle :

Qu'il était beau ce lieu charmant ,
Quand je partis pour d'autre terre ;
Mais pour moi quel triste moment ,
En m'exilant loin de ma chère !   (bis).

J'ai vu, dans de brillants climats,
Des jardins, des prés, un bocage ,
Pour tout autre remplis d'appas ,
Mais c'était pour moi l'esclavage :
Car je traînais dans ce séjour
Une existence monotone ;
Je ne pensais qu'à mon amour ;
Vous en parlant, mon cœur frissonne. (bis)

Que je regrettais mon pays
Et l'humble toit couvert de chaume,
Où tous mes parens réunis
Respirent l'odeur de ce baume
Qui parfume tous les matins
Les alentours de la prairie ,
Où Estelle me serra les mains,
Me jurant d'être mon amie.   (bis).

Je te revois, ô bel ormeau !
Planté le jour de ma naissance ,
Que ton feuillage est frais et beau ;
Combien il calme ma souffrance :
Je souhaite qu'auprès de toi,
Je puisse en paix finir ma vie :
De tes rameaux couvre le toit
Où je naquis pour mon amie. .   (bis).

DÉPART D'UN CONSCRIT.

Air : *Du Châlet.*

Adieu, pays qui m'a vu naître.
Il faut partir : le tambour bat;
Sous l'étendard je vais paraître,
Le Roi le veut, je suis soldat.
O mon amante, objet de ma tendresse !
Mon cœur est triste et pousse des soupirs.
Mais, loin de toi , fidèle à ta promesse ,
Je trouverai partout les vrais plaisirs ! (bis)
La, la, la, la, la, la, la, la, la , etc.
La promesse, dont je tiens en moi le souvenir ,
Fait qu'en tous lieux je goûte du plaisir ! (bis)

———

Adieu, parens, mère chérie !
Je vais braver mille combats ,
Fidèle à ma chère patrie ;
Partout l'amour suivra mes pas !
O mon amante, etc.

———

Vaincre ou mourir dans les batailles,
Aimer et plaire dans l'amour ;
Braver la foudre et les mitrailles,
Ainsi chantait le troubadour !
O mon amante, etc.

———

Je reviendrai couvert de gloire
Epouser la jeune beauté ,
Dont j'ai toujours dans la mémoire
Admiré l'ingénuité !

O mon amante, etc.

CHANSON.

Jadis j'ai quitté mon village ,
Pour défendre nos étendards;
Et, sans penser à mon jeune âge,
J'ai goûté les leçons de Mars.
Le sang pétillait dans mes veines ,
Et je ne rêvais que fracas.
L'honneur je trouvais dans les plaines,
Souvent à côté du trépas !

En vrai partisan de la gloire ,
En Espagne, sous les drapeaux ,
Toujours guidé par la victoire
Je franchissais monts et côteaux;
Car chaque fois que la trompette
Annonçait l'heure du combat ,
Je goûtais une ardeur secrète
En répétant: je suis soldat.

Si dans mes courses journalières ,
Sur le bord d'un joli ruisseau,
Je trouvais gentilles bergères ,
Assises auprès d'un troupeau ;
Souvent je contemplais ces belles
Aux fins minois, pleines d'appas ;
Mais à la voix des sentinelles ,
Je rejoignais tous nos soldats.

———

Si je pensais à ma chaumière ,
A mes amis , à mes parents ,
Malgré mon ardeur guerrière
Mon cœur ressentait des battemens..
Quand je contemplais à l'aurore
Les fleurs qui naissaient sous mes pas ,
Fort souvent je chantais encore :
Vive la France et nos soldats !

———

Adieu, pays des Asturies,
Je vais revoir mon sol natal ;
Venez, bergères mes amies,
Allons ! suivez le caporal !
La paix nous donne l'espérance,
Venez vite ! elle vous tend les bras,
Partons, marchons vers notre France ;
Oublions l'horreur des combats !

＃ ✿ ＊

LA BERGÉRE, SON AMANT

ET UN JEUNE PRINCE.

Le joyeux Zéphire
Agite les eaux ;
Le son de ma lyre
Charme les côteaux ;
Avec ma houlette ,
A chaque moment ,
J'écris sur l'herbette :
Lucas, mon amant ,
Viendra, je l'espère ,
Sur cette fougère ,
Calmer mon tourment.

———

—Je te fais princesse
Elvire, si tu veux
Suivre son altesse
En quittant ces lieux :
Un bel équipage
Nous attend là bas ;
Quitte ce rivage
Sans voir ton Lucas ;
Prends cette parure,
Orne ta tournure ;
Vole dans mes bras.

———

—Dans cette prairie ,
Lucas chaque jour
A sa bonne amie
Prouve son amour.
Son regard m'enchante ;
Il est plein de feux ;
Cela me contente
Comme un air joyeux.
Offrez vos caresses
A maintes princesses ,
J'aime trop ces lieux.

———

—Aimable bergère ,
Si je deviens roi ,
Je veux que ma chère
Commande avec moi ;
Et que la noblesse
Vienne, au point du jour,
Avec politesse,
Lui faire la cour.
Comme souveraine ,
Elle aura la chaîne
Qui tient mon amour.

———

—Je ne veux, grand prince,
Aucun de vos dons :
Allez, en province
Voir ces beaux tendrons,
Qui, pour la richesse ,
Délaissent l'amant.

Monsieur, la tendresse
Guide mon penchant.
Vous, prince, je jure,
Que votre âme impure
Se rit d'un serment.

—Vous êtes cruelle,
Ah ! pensez-y bien !
Car je puis, la belle,
Rompre ce lien.
Crois à la vengeance,
Crains pour ton Lucas ;
Calme ma souffrance,
Où voilà le bras
Qui, dans ma furie,
Peut bien de sa vie
Causer le trépas.

—Voyez, mon altesse,
Seule devant vous,
Fidèle maîtresse
Rire d'un courroux
Qui ternit la gloire
Du fils de son roi.
Que dira l'histoire
D'un fou tel que toi,
Qui croit toujours faire,
Pour se satisfaire,
Aux pauvres la loi ?

Fuyez, il arrive
Ce jeune berger ;
Prenez cette rive ,
Craignez le danger ;
Car son sang bouillonne ,
Quand on veut ravir
L'objet que personne
Ne peut conquérir ;
S'il tient à la vie,
C'est pour son amie :
Nous saurons mourir.

LE LIBERA ,

1840.

Le commerce de lin
Dépérit chaque année,
Nous mourrons tous de faim
Avec cette denrée.

REFRAIN.

Pleurons. pleurons, pleurons,
Tristement répétons,
Hé ! mes amis, voilà tra la dera la (bis).
Hé ! mes amis , voilà !
Voilà, voilà , le triste libéra.   (bis).

Crédit a de nos jours ,
Du sol de nôtre France ,

Proscrit sans nuls détours
La noble confiance.
    Pleurons !   (bis).
Mes amis, mes parens
Redoutent la misère :
Pour comble de tourmens ,
On parle de la guerre.
    Pleurons !   (bis).

————

Si Mars, dieu des combats ,
Ravage nos campagnes ;
Nous dirons tous, hélas ?
Auprès de nos compagnes!
    Pleurons !   (bis).
Si votre amant s'en va ,
Pleurez, pleurez, fillette ;
Vous serez à quia
Et gémirez seulette.
    Pleurez !   (bis).
Tristement répétez , etc.

————

J'offre eette chanson
A ma belle maîtresse ,
Et ce peu de boisson
Qui plonge dans l'ivresse,
    Buvons !   (bis).
Ensemble répétons,
Hé ! mes amis, voilà tra la dera la (bis).
Hé ! mes amis , voilà ,
Voilà la fin du libéra. (bis).

ODE

DÉDIÉE A M. LE CURÉ,

POUR LE JOUR DE LA COMMUNION.

Je viens, ô mon pasteur, malgré ma tendre enfance,
    Vous offrir en ce jour
Le tribut que je dois à la reconnaissance
    Pour prouver mon amour !

Que serais-je devenu sans vous, ô mon cher père?
    Que de soins je vous dois ,
Pour avoir fait germer dans mon cœur la prière
    Et les divines lois !

Vous m'avez dit : bientôt ce grand jour solennel ,
    Le plus beau de la vie ,
Viendra !.. Vous marcherez à pas lents vers l'autel,
    Où le pécheur s'humilie
    Près du Dieu qui le vivifie
    Avec son regard paternel ,
    En recevant l'Eucharistie.

Il est venu ce jour où Dieu s'unit à moi ;
    Mon cœur joyeux tressaille encore !
Par vos soins j'ai connu les mystères de foi ,
    Qui voilent celui que j'adore.

Que Dieu veille sur vous, ô mon digne pasteur !
    Pour apprendre par votre bouche

Ce qui fait le parfait bonheur ;
Car votre voix forte me touche
Quand vous terrassez le pêcheur !

———

Venez, ange céleste, et couvrez de vos ailes
Ce ministre pieux ;
Donnez-lui dès ce jour quelques forces nouvelles
Pour nous parler des cieux !

L'ENFANT

TROUVÉ SUR LA TOMBE DE SA MÈRE.

Que fais-tu là, mon pauvre enfant,
Seul en ces lieux, et à ton âge ;
Pourquoi vois-je à chaque moment
Des pleurs qui mouillent ton visage ?
— On m'a dit que maman, hélas !
Dort ici dans le cimetière ;
Sourde, à mes cris, à ma prière,
Elle dort et ne me répond pas !

———

Je me rappelle, chaque jour,
Tous ses baisers pleins de tendresse.
O digne objet de mon amour,
Viens encore faire une caresse.
A celui qui te pleure, hélas !

Depuis huit jours sur cette pierre,
Qui retentit de ma prière ,
Quoi ! tu dors, et ne m'entends pas !

———

—Pauvre petit, quitte ce lieu ;
Car on a trompé ton enfance,
Ta chère mère est près de Dieu !
Pour la revoir, plus d'espérance ;
Viens avec moi, viens dans mes bras,
Je serai ta seconde mère !
Cesse, ô mon fils, ta plainte amère,
Celle qui t'aimait ne dort pas !

———

—O tendre mère, en ce moment
Je vais quitter cette retraite :
Reçois l'adieu de ton enfant ;
Jouis en paix, il le souhaite ,
Puisque jamais tu n'entendras
En ces lieux la moindre parole,
Et cet accent qui vers toi vole
Ne peut t'arracher au trépas !

———

Allons, madame, c'est donc vous
Qui voulez remplacer ma mère ;
Après ma perte, il sera doux
Que je fasse tout pour vous plaire ;
Mais permettez qu'ici mes pas
Chaque jour dévancent l'aurore
Pour venir répéter encore ;
Maman est morte et ne dort pas ?

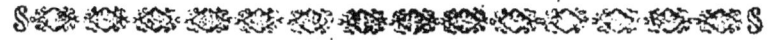

CHANSON.

Air connu.

Au point du jour,
Dans cet endroit on est plein d'allégresse.
On rit, on chante tour-à-tour,
A la grisette on fait l'amour,
En lui promettant la tendresse,
   Au point du jour. (bis).

———

Au point du jour,
En m'éveillant je pense à toi, ma chère ;
Ta beauté comme tes atours
Viennent me troubler en ces jours,
Cela ne doit-il pas me plaire ?
   Au point du jour. (bis).

———

En ces beaux jours,
Combien je vois de ces filles coquettes,
Qui, du destin suivant le cours,
Sont réduites dans ces séjours
A soupirer sur des banquettes.
   En ces beaux jours. (bis).

———

En ces beaux jours ,
Chacun de nous ressent la douce ivresse ;
Rassemblons-nous, beaux troubadours ;
Tâchons de ne plus être sourds
Aux doux soupirs d'une maîtresse ;
En ces beaux jours ! (bis).

———

La fin du jour
Doit disperser la compagnie ;
Cessons nos chants et nos discours,
Que chacun retourne aux faubourgs,
Avec sa tendre et bonne amie.
Après le jour ! (bis).

ADIEUX

D'UN VOLONTAIRE FRANÇAIS ,

OU L'AMOUR DE LA PATRIE.

Air : *Robert disait à Claire.*

Je viens dans ta chaumière
Pour la dernière fois ;
Ah ! sais-tu que j'espère
Faire beaucoup d'exploits ?
La gloire, que j'envie,
A pour moi des appas :
Adieu ! pour la patrie

Je consacre mon bras ! (bis)
Ah ! ah !
Je consacre mon bras ! (bis)

———

Alfred, voyant ma peine,
Pourquoi fuir mon amour ?
Le transport qui t'entraine
Me perdra sans détour ;
Sans toi, ta chère amie
Entrevoit le trépas.
Refuse à la patrie
De consacrer ton bras ! (bis)
Ah ! ah !
De consacrer ton bras ! (bis)

———

La trompette sonore
Retentit au hameau ;
Zulma, je t'aime encore;
Mais ! vive le drapeau !
O France ! ma patrie,
La gloire arme mon bras,
L'amour je sacrifie
Pour voler aux combats ! (bis)
Ah ! ah !
Pour voler aux combats ! (bis

———

Ah ! que dis-tu, perfide,
Tu fais rougir les cieux !

Tu m'aimes !.... mais l'égide
A su charmer tes yeux ;
Contemple ton amie,
Qui pleure et dit tout bas :
Renonce à la patrie
De consacrer ton bras ! (bis)
      Ah ! ah !
De consacrer ton bras ! (bis)

———

    Ecoute-moi, ma belle,
Toujours pour l'honneur ;
Tes yeux voient l'infidèle
En qui blesse ton cœur.
Sais-tu que la patrie
Maudit un fils ingrat,
Qui pour sa bonne amie
Ne veut être soldat! (bis)
      Ah! ah !
Ne veut être soldat, (bis)

———

    Si mes cris et mes larmes
Ne peuvent t'attendrir ;
Va , vole sous les armes.
Pour moi, je vais mourir ;
Pense que ton amie
Mourra disant tout bas :
L'amour de la patrie
A causé mon trépas ! (bis)
      Ah ! ah !
A causé mon trépas ! (bis)

FANTAISIE

DÉDIÉE

AIR : *Je vais revoir ma Normandie.*

L'amant que j'aime et que j'adore
Est jeune, affable, généreux,
A a voix claire, juste et sonore,
Su me rendre toute en feux.
Is aiment, un jour, dans un parterre,
D tant à l'ombre d'un rosier,
Sentant bien qu'il pouvait me plaire,
Il vint me prendre un doux baiser. (bis).
Dans un grand bal, à la guinguette,
On vint me dire poliment :
N êtes-vous pas ici seulette ?
Il va venir dans un instant.
En vérité, je puis le dire,
Fortement mon cœur soupirait ;
Et cette ardeur, qu'amour inspire,
R anime un feu qui s'éteignait ! (bis).
Mon amante, que je suis aise ;
Il dit : voilà l'instant heureux
Et je compte que ma maîtresse
Recevra ma main et mes vœux.
Enfin, pouvais-je me défendre ?
A Lucas je donne le bras.

Faut-il toujours ne pas entendre
L'amour et tous ses embarras.　　(bis).
Il faut que l'amour nous domine :
N en doutez pas, sexe joyeux ;
Et, sans cette flamme divine,
Mon hymen serait ennuyeux.
N'écoutons pas ces voix flatteuses ,
O mes compagnes , croyez-moi !
Rions, chantons, soyons heureuses,
Au vrai penchant suivons la loi !　(bis).

LE SOLDAT ET LE BERGER.

Air : *Partout la trompette guerrière.*

LE SOLDAT.

Berger, le son de ta musette
M'amène en ces lieux;
Pourquoi chérir cette houlette,
Ces champs montueux ?
Quitte ton troupeau, ta chaumière,
Range-toi sous notre bannière :
　　On bat, on bat, on bat. (bis).

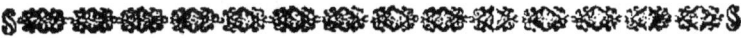

LE BERGER.

Moi, quitter l'écho des montagnes,
Mes chiens, mes agneaux,
Les Nymphes mes chères compagnes,
Et ces arbrisseaux ;
Va, soldat, j'aime mieux la muse ;
Va-t'en vite, je m'y refuse :
    On bat, on bat, on bat. (bis).

LE SOLDAT.

Adieu ! c'est l'honneur qui m'appelle,
Car pour mon pays ,
Je suis toujours en sentinelle
Près des ennemis ;
Si la parque abrège ma vie,
Je mourrai vengeant ma patrie ;
    Adieu, adieu, adieu. (bis).

Douai. — Imp. de V. Adam.